AF312749

Henri de Régnier

Le Bosquet

de Psyché

BRUXELLES
PAUL LACOMBLEZ
Editeur
31, rue des Paroissiens, 31

—

MDCCCXCIV

LE BOSQUET DE PSYCHÉ

Il a été tiré de ce volume 250 exemplaires,
tous numérotés.

N° 

Henri de Régnier

Le Bosquet

de Psyché

BRUXELLES
PAUL LACOMBLEZ
Éditeur
31, rue des Paroissiens, 31
—
MDCCCXCIV
—

A Emile Verhaeren.

CERCLE ARTISTIQUE ET LITTÉRAIRE DE
BRUXELLES :
Le Vendredi 16 Février 1894.

LA LIBRE ESTHÉTIQUE :
Le Mardi 20 Février 1894.

SOCIÉTÉ D'ÉMULATION DE LIÉGE :
Le Mercredi 21 Février 1894.

Mesdames, Messieurs,

Un vieil usage d'académie propose au sur-
venant le soin de louer son prédécesseur. Cela
n'est point toujours facile, dit-on, car les choix
de l'illustre compagnie sont souvent peu ju-
dicieux et l'assemblée ou l'assemblage qu'elle
compose n'est pas sans quelque disparate,
mais cela se fond et s'équilibre en une hon-
nête décence. Les sorties y passeraient assez
inaperçues sans l'entrée qu'elles y provoquent.
Ce sont deux façons souvent de n'être plus
rien mais on préfère la seconde qui aide au
moins à se croire quelque chose. Cela dis-

pense d'être quelqu'un, car il faut constater qu'en ces immortalités provisoires dont se pourvoient réciproquement d'aimables vieillards la littérature entre pour peu de chose.

Dans les raisons qui déterminent le recrutement, au scrutin secret, de ces titulaires de l'au-delà, la politesse mondaine, la situation politique, professionnelle ou scientifique, la naissance même, ont, le plus souvent, la meilleure part.

L'Art est donc, en cette matière subordonné presqu'à tout le reste; de même dans la vie où la plupart des vivants ne lui concèdent d'autre valeur et d'autre place que celles que lui donnent l'oisiveté ou la condescendance; il y a une tendance à le considérer comme un peu moins qu'une distraction et un peu plus qu'une manie; on le goûte et on s'en garde et la curiosité qu'on en peut avoir a pour contre-poids la défiance dont on s'en précautionne.

Pour certains hommes, au contraire, l'Art est tout. On dirait qu'ils veulent compenser par le culte qu'ils lui rendent l'indifférence

qu'on a pour lui. Il y a à cela je ne sais quoi
d'expiatoire. Ils sont comme les humbles et
royales auberges d'un Noël permanent, et ils
conservent à jamais, de cette épiphanie, une
posture de méditation et d'orgueil. Ils ne
s'apparentent plus à ce qui les entoure et le
monde n'a plus pour eux la raison d'être
usuelle qu'il a pour chacun. Un prestige a eu
lieu. Ils ont passé le fleuve et ne savent plus
les chemins et on les a vus marcher, un soir,
car quelqu'un dit, en des vers célèbres,
l'attitude de leur voyage :

> Toujours ils avançaient sans rencontrer la Mer ;
> Ils voyageaient sans pain, sans bâtons et sans urnes
> Mordant au citron d'or de l'idéal amer !

Mais je sais aussi leur retour et les voici. Où
donc sont-ils parvenus ? D'où viennent-ils ?
car j'entends tinter à leurs mains des clefs
fatidiques. Ils ont ouvert les portes de la solitude et du songe ; leur pas a foulé les dalles
disjointes où poussent les fleurs du silence ;
ils les ont cueillies pour en exprimer le philtre
dans la coupe que leur tendit, au seuil du

jardin, debout et radieuse, avec ses ailes pâles et son sourire, l'éternelle, la pure, la mystérieuse Psyché!

Mesdames, Messieurs,

Ce n'est point ici une académie et il ne s'agit de l'éloge de personne d'autre que l'Art éternel.

Ce n'est pas ici une académie et le choix que vous faites chaque année de quelqu'un pour parler une heure parmi vous prouve, par ceux que vous y avez parfois conviés, un soin à ne vous pas régler par les raisons où l'on s'en tient ailleurs. C'est moins une vaine renommée ou une convenance qui guide vos choix qu'une sympathie bienveillante envers quelques hommes que vous sentez tant soit peu en dehors des préoccupations ordinaires et voués, dans la mesure de leur pouvoir et à la taille de leur infirmité, au pur culte de l'Art. Les uns y sont maîtres, les autres de plus humbles servants, mais vous accueillez en eux un même souci, celui du beau. C'est en ce sentiment qu'on s'unit le mieux car, étant l'amour, il en a la contagion sacrée. C'est donc de l'Art que je vous parlerai, de la place qu'il lui faut donner dans nos pensées. Quand Psyché eut éveillé l'Amour d'une goutte d'huile qui tomba de sa lampe nocturne, il s'enfuit ; elle pleura toute la nuit et s'endormit à son tour ; elle dort en nous, elle dort souvent, mais elle s'éveillerait si nous lui présentions des fleurs et il faut savoir les choisir.

J'ai eu, à cette place même, d'illustres ou gracieux prédécesseurs et leur éloge aussi eût été un noble sujet, fait pour tenter celui qui, aujourd'hui, humblement ou amicalement, leur succède. Son inexpérience n'a point à vos yeux les prérogatives du génie ou la sauvegarde de l'esprit, mais votre indulgence compensera le désavantage où il se trouve et votre attention sera l'interprète de ses intentions.

Parmi ceux qui eurent l'occasion de parler

ici devant vous, vous vous souvenez entre tous de Stéphane Mallarmé et de Paul Verlaine.

Le grand poëte de « Sagesse » vous a lu sans doute quelques-uns de ses plus beaux vers ; peut-être vous a-t-il raconté quelques épisodes de sa vie ; elle fut toujours, à travers des fortunes diverses, celle d'un vrai poëte ; le sort lui fut impitoyable ; il y a dans certaines destinées des acharnements mystérieux. La sienne surenchérit sur les rigueurs ordinaires. Toutes les Fées durent, comme dans le vieux conte, accourir au chevet de son berceau, mais, au contraire de la légende, toutes lui furent marâtres, à l'exception de la Fée Poésie.

Vous avez vu ici cet homme incomparable et unique ; cette verve fine et simple et rude ; cette humeur qui, au moindre répit, à la moindre éclaircie, redevient presque de la bonne humeur. Vous en avez goûté le charme moral et souriant, en même temps que vous avez admiré ce rare génie, clair, délicat, rustique et galant, tendre et douloureux, liturgique et hardi. Et ses vers ! Ce vers souple qui gazouille en ruisseau, s'alanguit en fleuve, à la fois fugitif et grave, et au bout duquel la rime inattendue sonne comme de lointaines, de gaies, de mélancoliques cloches d'Angelus!

Ah ! Paul Verlaine, vous êtes vraiment venu dans la vie comme ce Gaspard Hauser à qui vous fîtes chanter de si douces strophes, un peu aussi comme ce Claude dont parle Francis Viélé-Griffin dans son poëme de Yeldis et qu'il nomme parmi tes compagnons de la romanesque chevauchée :

> Nous venions là comme des pèlerins,
> Philarque et moi et Luc et Martial
> — L'un grave, l'autre hautain —
> Et Claude avec sa petite viole
> Qui (disait-il) console...

Puisse-t-il aussi être consolé, le pauvre Lélian, c'est ainsi qu'il s'est désigné lui-même parmi les Poètes Maudits dont il tressa les fraternelles couronnes d'épines ; parmi ceux-là il y en avait un qui fut presque un roi, car il porta le sceptre de roseaux et la pourpre divine et dérisoire :

Ce fut Villiers de l'Isle-Adam

De celui-là, Stéphane Mallarmé vous parla, un soir, en termes admirables et profonds. Le grand poëte et le grand prosateur étant à hauteur d'âmes, l'amitié et l'admiration les unissaient et l'un vint nous révéler le magnifique souvenir qu'il avait gardé de l'autre. La mort ajoute une gravité au destin et les paroles qui racontent quelqu'un qui n'est plus empruntent à l'au-delà le timbre funèbre et fatidique de leur écho. L'éloquence de Stéphane Mallarmé s'empreignit de cette circonstance et ce qui, en d'autres occasions, eût été le plus disert des éloges se haussa presque à de sacerdotales beautés de panégyrique. Ce fut aussi un portrait; les traits en restent définitifs et l'orateur façonna devant vous, en statue, la grande ombre qu'il évoquait.

Ombre romantique et seigneuriale de celui à qui manquèrent les pavois! ombre fastueuse de tout l'or dont elle soupesa la cendre, elle revécut à jamais par la magie exaltatrice de cette parole et on le vit tout entier, lui, Villiers, en ce prodigieux portrait hautain.

L'apparition évanouie dans le silence, on eut l'impression qu'il restait, désormais, sur le tombeau de cette grande mémoire un bloc de marbre pieux. C'est au temps d'y apporter la palme réparatrice, car le vivant glorieux l'indiqua de son geste prédestiné.

M. Maurice Barrès succéda aussi à la verve de Paul Verlaine et à la haute doctrine de Stéphane Mallarmé ; avec lui vous entendîtes ce que la sophistique a de plus ingénieux, ce que l'ironie moderne a de plus didactiquement élégant : j'espère aussi que vous voudrez bien joindre à ce triple souvenir touchant, admirable ou gracieux, celui que vous laissera ma présence.

Le proverbial accueil que vous faites à vos invités d'un soir m'a encouragé à venir parmi vous. Il est un des plaisirs du voyage qui en a d'autres encore, car les deux terres de Belgique et de France sont si liées, si assorties d'esprit et de goût qu'il y a entre elles une véritable parenté artistique. Elles se complètent et, affiliées à de mêmes rêves, elles se traduisent chacune selon son génie propre. Tantôt l'une anticipe, quelquefois l'autre précède. Nos peintres sont bienvenus chez vous, nos musiciens y sont joués, nos écrivains y sont lus et il s'est même trouvé que votre indépendance d'esprit eut pour eux des soins et des caresses que leur refusaient la terre natale. Nous avons rendu aux vôtres ce que vous nous donnâtes. C'est Paris qui applaudit le premier Maurice Maeterlinck et c'est là aussi que vécut et mourut, chef vénéré de la jeune école de musique française, l'illustre maitre César Franck.

Outre le plaisir de retrouver ici des esprits congénères et fraternels, il y a en moi un goût secret pour cette terre des Flandres et de Wallonie. Terre vivace et ingénieuse, ses fleuves lents vont vers des mers pâles. Les grands paysages calmes et pacifiques nourrissent des villes florissantes et populeuses dont la vie présente a le grand charme de se mêler au passé. Les temps y juxtaposent les vestiges de leur durée ; les vieilles pierres conservent le sens des époques disparues et nulle terre n'est plus riche que la vôtre en monuments significatifs. Dans la plus bruyante ou la plus active de ces villes, la part du passé subsiste.

La vie a parfois besoin de s'isoler pour rêver. Il faut des rues où pousse un peu d'herbe entre les pavés ; il faut des murs qu'on puisse longer ; il faut, sur la place ensoleillée, l'ombre d'anciens toits ; c'est là qu'on se repose de vivre dans l'aspect que tout prend d'avoir vécu et il faut peu de chose pour produire ces sortes d'enchantements : quelque antique façade à l'angle d'un canal, un clocher, l'heure qui, au lieu de se compter, brusque et péremptoire, papillonne en carillons.

Notre rêve s'aide du rêve inconscient des choses ; les vieilles choses propagent du rêve ; elles filtrent le temps en songe et le temps s'égoutte d'elles comme à de mystérieuses clepsydres. J'ai eu l'occasion de constater cette occulte influence d'un monument sur ce qui l'avoisine, cette sorte de contagion où les choses se conforment les unes aux autres.

C'était à Reims. Toute la ville commerciale et vivante se répand dans la vaste plaine crayeuse, prostrée autour de l'énorme cathédrale qui la domine. De loin, on dirait une île miraculeuse dont l'intérieur serait une grotte. Le prodigieux et délicat bloc de sa masse dresse son madrépore sculpté. Elle est de pierre jaunie, fruste et spongieuse; le soleil l'a effritée; on sent que les grands vents d'équinoxe doivent disperser autour d'elle un peu de sa sainte poussière. Cette cendre imaginaire semble être tombée sur le quartier d'alentour, tant les rues y sont désertes, les passants furtifs, les portes closes, les maisons canonicales. Tout semble endormi à l'ombre de cet énorme rêve de pierre qui sommeille et ne tressaille plus que du murmure intime de ses orgues ou du sursaut sourd de ses bourdons de bronze.

L'intérieur d'un tel temple est prodigieux, mais, une fois admiré, on s'y sent mal à l'aise; l'édifice n'est pas en proportion avec le rêve isolé d'un passant. Il était fait pour l'exaltation commune de grands ensembles d'âmes. La solitude y est de l'abandon : il fallait, pour en goûter la magie, d'autres temps que le nôtre qui est une époque ds rêverie individuelle; aussi quitte-t-on ce symbole d'un âge dogmatique, inquiet de le comprendre et de ne plus pouvoir participer au rituel dont il est la vacante architecture à qui ne s'approprient plus les forces pensives de notre âme.

Où donc alors est la ville de Psyché?

Bruges peut-être, la mélancolique, l'allégorique Bruges, la ville où, quand on s'y hasarde, on a vraiment, au bout d'un instant, l'impression de se promener à côté de son âme; alors il semble qu'on se voie à travers la transparence de ses pensées; le songe qu'on y fait est tellement selon ce qu'il y a de plus profond en nous qu'il prend notre propre visage pour nous regarder d'au-delà l'eau du vieux canal où nous croyons nous apparaître si nous nous penchons sur son presque mental miroir.

Certaines villes de France donnent aussi une impression analogue d'être faites pour qui veut s'y rêver. Villes singulières et instructives et qui sont des emblèmes; villes qu'il n'est pas besoin d'habiter authentiquement, où même il n'y a pas lieu d'être jamais entré mais dont il faut en soi avoir le sens; leur place est dans nos pensées; à nous de les y créer.

J'en nommerai quelques-unes : cette curieuse Aix en Provence, avec ses larges avenues plantées d'arbres, ses façades à cariatides emphatiques, ses fontaines; on s'y retrouve au XVIIIᵉ siècle exactement, époque de mesure où le goût de l'ordre en tout remplaçait le sentiment de la beauté; et cette Arles, païenne et monacale, avec ses rues étroites, son cloître où volent des colombes, ses femmes dont la coiffure naïve et hautaine fait de la plus humble une sorte de belle Dame, ses Alyscamps où les tombeaux de pierre s'alignent entre des cyprès dont les ombres s'allongent en longues larmes.

Je me souviens d'un soir, au crépuscule. Le vent dans les arbres était le seul murmure dont tressaillait ce néant. De petites libellules voltigeaient au-dessus de l'herbe qui poussait entre les cippes ; elles avaient l'air de pensives âmes païennes, errantes et légères, abeilles psychéennes des ruches du Styx !

Nom morose et limpide, doux comme une fontaine près d'un tombeau, voici Aigues-Mortes, la vieille ville aux hautes murailles de tours, solitaire parmi ses canaux, dans la plaine d'eau et de sel. N'est-ce pas là vraiment une cité de songe, une ville d'illusion ? Quand on la quitte et qu'on s'en éloigne du côté de la Mer, on la voit peu à peu rentrer dans les vastes étangs qui la reflétaient ; elle y descend et y disparaît et cette optique singulière favorise je ne sais quel soupçon de sortilège !

Parfois ce n'est pas une ville qui prédispose

à cet état d'esprit et de pensées où l'on n'est plus propre à goûter autre chose que soi : un lieu suffit à créer en nous cette transformation méditative.

Il en est un, beau entre tous : le vieux et royal Versailles. C'est une des plus grandes beautés qui soient. Je ne vous en décrirai pas la structure et l'ordonnance. Des eaux plates ou composées qui séjournent en leurs bassins réguliers où les statues de bronze et de marbre se mirent côte à côte avec des ifs taillés en pyramides ou en obélisques, des perspectives admirables, des bosquets charmants entourent de leur ensemble un grandiose, triste et monotone palais. Cela ne se raconte pas et je ne vous en parlerais pas si de tels aspects n'avaient, outre leur sens architectural, une importance psychique. Il y a des assimilations à tirer d'un tel lieu.

Son isolement en recommande un autre : ce qui se tait en nous est son silence. J'ai cru comprendre ces analogies réciproques. On vit là des heures éternelles. Quand l'automne redore ses feuillages à l'or des soleils couchants on sent, dans le labyrinthe coquet des allées ou sur l'herbe des boulingrins, qu'on marche à côté d'une ombre invisible. Les blanches statues sourient encore de l'avoir vue passer; des ramiers roucoulent dans les vieux arbres. Les eaux et les feuillages stagnent et se fascinent de l'accord de leur double mélancolie.

Il faut qu'il y ait de tels lieux. Plus loin, tout autour, c'est la vie; ailleurs on bâtit, ici une beauté se suffit à elle-même par sa propre durée; ailleurs on souffre, on aime; ici, on pense, on rêve. Le Temps, qui détruit tout, semble avoir adouci ses mains dangereuses. Il prend des précautions délicates. A peine s'il effrite la pierre; il dépolit le marbre pour mieux en faire une sorte de chair incorruptible, il donne aux eaux des regards; il dirige la croissance des arbres en poussées presque humaines; ailleurs il est la mort; ici il est l'Art et il a tout façonné ainsi pour qu'existât, par ces jardins, une fois au moins en ce monde, l'emblème de la solitude, l'allégorie de cette solitude imaginaire qu'il faut qu'à certaines heures nous ayons en nous.

Les hommes qui habitaient jadis ces lieux magnifiques, qui les remplirent de leur faste et de leurs fêtes, connurent ce sentiment qu'il faut parfois être seul. Les vivants de ce XVIIe siècle, pompeux et raisonneur, plus logiciens que rêveurs, eurent conscience, parmi l'apparat de leurs pensées ou les mêlées de leurs ambitions, de la nécessité d'être parfois en présence de soi-même. Pascal et La Bruyère l'ont dit : Notre malheur vient de ne pas savoir être seuls; d'autres aussi pensèrent de même. Il y eut Port-Royal-des-Champs, mais l'erreur y fut de réaliser ce qui doit rester figuratif; c'est fausser une vérité essentielle ; le repos de l'âme n'est point dans le silence d'alentour mais dans l'âme même, ou bien on prend l'emblème pour ce qu'il représente. On pense encore trop ainsi que l'on pensait jadis. On voit le duc de Saint-Simon, l'homme le plus mêlé, sinon de fait, au moins

d'intérêt aux choses du temps, se retirer parfois de tout ce qui le passionnait dans sa
retraite de la Ferté, mais c'était pour s'y pas-
sionner encore plus et subir la hantise de ce
qu'il avait quitté. Souvent, dans ces étonnants
Mémoires où palpite la plus intense fièvre de
vie qui ait jamais échauffé cervelle humaine
jusqu'à celle dont brûla, à notre siècle, le gé-
nial et forcené Balzac, dans ses Mémoires, le
duc raconte que des contemporains, ministres
ou courtisans, qui ont consumé leur vie à l'in-
trigue ou à l'étiquette, se retirent, au seuil de
la vieillesse, dans quelque demeure ou dans
quelque oratoire parce qu'ils voulurent,
comme le dit gravement l'historien de leurs
vanités, mettre, par décence, quelque espace
entre le monde et Dieu. Ce qu'on faisait alors
dans sa vie aux marques de sa caducité, il faut
le faire chaque jour et mettre au moins quelque espace entre le monde et soi.

C'est sous cette forme que s'est perpétué ce
sentiment, mais il convient encore d'en spéci-
fier le sens. Il faut prendre au figuré ce qu'on

est tenté de prendre au propre ; il faut comprendre que c'est en nous que cette retraite
existe. La seule solitude est l'intérieure et les
autres n'en sont que l'allégorie, le relief ter-
restre d'un fait strictement psychique. Aurait-
on les plus tranquilles jardins et les demeures
les plus isolées, ils se peupleraient des fan-
tômes que le fait d'avoir vécu fait grimacer
ou rire à jamais devant nous si nous n'en
exorcisons pas la présence. A quoi bon que
tout se taise autour de nous si le tumulte est
au-dedans. Ce ne serait que se souvenir plus
ou moins éperdument de ce qu'il importe
d'oublier et le souvenir corrode l'âme par je
ne sais quoi d'acariâtre ; les pensées s'oxydent
à retremper dans les sels acidulés de la vie.
Réfléchir n'est pas songer. Songer, c'est im-
poser aux choses, à travers l'âme, la grande
transfiguration silencieuse. Tout songe est
fiction : c'est faire du souvenir la rêverie ; de
la face, le masque ; du bloc, la statue ; de la
ligne, l'arabesque ; des larmes un philtre !

Ces lieux allégoriques et préparatoires ne

valent que parce que leur songerie provoque
la nôtre ; leur solitude nous invite à être seuls,
c'est-à-dire en face de la fiction que chacun
imagine de soi-même, véridique en son propre miroir, apparence identique au héros secret qu'est chacun !

C'est au milieu de nos pensées quotidiennes,
en ce qu'elles ont déjà de moins âpre et de
moins fébrile, quand la tristesse les alanguit
de ses teintes de soir, aux heures où la mélancolie pacifie nos soins, aux heures découra-
gées où tombe la fièvre de vie — la fièvre ap-
pelée vivre, a dit Edgar Poë — où les passions
engourdissent en nous leurs eaux clapoteuses,
où l'effervescence du désir s'amortit, c'est
alors qu'il faut se hasarder au parc imaginaire
que favorise en nous l'écart où nous sommes
déjà des rumeurs de la vie ; c'est alors qu'il y
faut marcher en écoutant nos pas ; l'écho vers
qui ils vont leur donne l'air de venir vers
nous. Nous irons si loin que nous finirons bien
par nous rencontrer et par arriver au Bosquet
où, parmi les treillages et les arceaux, près

des fontaines qu'enguirlandent des roses et où elle est assise en sa robe pâle, avec ses ailes et son sourire, nous nous trouverons en face de celle qu'Edgar Poë a, dans un sublime et miséricordieux poëme, nommée à tous nos songes : Psyché, mon Ame... notre Ame et c'est elle qui nous conduira à sa demeure.

Cette mystérieuse demeure de Psyché, chacun la doit porter en soi-même et s'y retirer à l'ombre mentale de ces murs invisibles. Elle est en nous et faite de nous, au plus profond de nous-mêmes ; elle est le boudoir intérieur où l'on s'accoude pour se songer ; elle est pareille à l'architecture de nos pensées ; elle en est l'aspect et nous en construisons le perpétuel miracle ; elle est l'édifice de notre art et elle se façonne à notre insu des matériaux de notre rêve. Notre attention est son équilibre ; notre délicatesse parachève son élégance et elle se proportionne à nos idées.

Pour certains hommes l'univers y tient ; ils n'en sortent pas et, confinés à jamais, ils y goûtent l'illusion suprême de la poésie. Psy-

ché est là, devant eux. Ils ne connaissent plus
l'automne que par l'or de sa chevelure qui est
aussi celui des forêts ; le ciel et la mer sont
dans ses yeux et c'est sa voix qui donne un
sens au vent. Ils sont unis à jamais à la divine
figure de leur âme : ils sont heureux.

Pour d'autres, l'édifice submental a des
formes moins arcadiennes. Esprits assidus
aux analyses, ils se délectent à se connaître et
à se repenser méticuleusement. Ils descendent dans leur conscience et en déchiffrent la
cryptographie intime et les arabesques sophis-
tiques ; ils tiennent plus à se savoir qu'à
s'imaginer, aussi je suppose que pour eux les
murs du réduit intérieur sont ornés surtout
de portraits et de miroirs. C'est l'image du
silence et c'est de silence qu'ils ont besoin ;
c'est là qu'ils le trouvent et ils trient, en une
rêverie de fileuses, ce que la vie a amassé en
eux d'indistinct, de vague, d'informe jusqu'à
ce qu'ils aient tissé leur pensée en linceul où
s'endorment leur tristesse ou leur amertume.

Pour tous cette chambre de Psyché peut

être un lieu charmant, secret et délicieux. Elle figure ce qu'il y a en chacun de fin, de délicat et d'un peu supérieur. Elle est le dégagement aérien de notre terrestréité : l'âme y est à l'aise de pouvoir délasser la contrainte qu'impose la vie à ce qu'il y a d'ailes dans sa démarche. C'est là qu'il faut abriter les instants qu'on dérobe à la vie ; on y reprend contact avec je ne sais quel instinct d'idéal qui est en nous. On soupèse la cendre qu'ont laissée dans notre main les vaines amours et les pauvres désirs, cendre amère mais légère. Psyché la frôle de son aile et elle se dissipe.

Comme j'imagine bien ce logis intérieur où chacun peut passer une heure avec soi-même. Psyché est là ! Là-bas elle écrit ou rêve ; ici elle prend un livre. Le livre c'est la magique et douce illusion, le dépositaire des pensées de ceux qui se sont imaginés et de ceux qui se sont connus. On y trouve tout ce qu'il y a de fraternel à soi-même et c'est à nous de recréer, avec ce qu'il y a, en nos mémoires, d'apparenté à nos songes, le décor de notre

Destin. Pour meubler ce logis intérieur, le livre nous offre toutes les apparences figuratives de nos pensées.

Voyez les longues tapisseries qui ornent les murs : des personnages pâles y passent lentement ; ils sont tramés dans la tenture de même que l'invention du poëte les eût ouvragés dans nos mémoires. Avoir lu Maurice Maeterlinck, n'est-ce point comme avoir à jamais dans l'esprit des ombres douloureuses et charmantes, analogues à celles qui hantent la laine fantômatique des hautes lisses déteintes et historiées.

Cette torchère qui consume, à l'angle des murs, son geste de fer forgé où fume une cire funéraire, n'imite-t-elle point certains des beaux poëmes d'Emile Verhaeren, lui qui a su, en d'incandescentes et métalliques strophes, crisper et marteler un rêve têtu, féodal et âpre et faire brûler, à jamais, dans les mémoires, les noirs flambeaux de ses désirs et de ses colères.

N'y aura-t-il pas dans ce lustre de cristal

qui allonge le pendentif de ses stalactites glaciales et scintillantes, une allusion aux poëmes de Stéphane Mallarmé où se rarifient, en bouquet d'éclairs, toutes les étoiles de la nuit.

Deux portraits se font face en leurs cadres d'ébène, tous deux hautains et fatidiques, avec l'air d'avoir connu tous les songes. Ne sont-ce pas, interlocuteurs taciturnes, Villiers de l'Isle-Adam ou Edgard Poë? Qui dira qu'Albert Giraud n'a pas composé cet émail où des arabesques délicates entourent un profil énigmatique et qu'Iwan Gilkin n'a pas façonné cette figurine de bronze ricaneuse et triste?

C'est ainsi que je vois s'orner cette tranquille chambre spirituelle; chaque page tournée ajoute un bibelot à la mémoire, une tenture au silence, une lumière à la solitude. L'ensemble se constitue peu à peu, charmant et fastueux, digne de quelqu'un que ne satisfont pas complètement les réalités quotidiennes. Il est noble et nécessaire de s'isoler chaque

jour en de nobles choses. Il y a des réserves
à faire sur la vie; des reprises à faire sur le
monde; il faut sauvegarder une part de soi-
même et la garder pour soi. Cette chambre
imaginaire dont j'ai été l'architecte impro-
visé, pour les uns, est l'Art, pour d'autres, la
Rêverie; pour tous, elle peut être la Lecture.
Ce sont trois formes d'un même sentiment :
le besoin de se transfigurer, le besoin de se
connaître, le besoin au moins de s'entrevoir.
Le poëte s'imagine, le rêveur se songe, tout
homme se lit, mais la divine Psyché est toujours là, présente sous trois formes diverses :
radieuse, la Poésie, songeuse, la Rêverie,
pensive et un doigt à la tempe, la Lecture.

Maintenant que le boudoir de Psyché est
construit, voulez-vous y séjourner un instant
avec elle; vous avez bien voulu prendre une
heure sur la vie pour écouter une rêverie à
haute voix, voulez-vous maintenant achever
cette heure avec un livre. La lampe est allu-
mée, le silence est propice et chacun de vous
s'imaginera lire pour soi, d'ailleurs c'est à

peine une voix qui parlera ; elle vous dira ce que pensait un poëte en songeant un soir à cette demeure intérieure et j'espère que ce songe trouvera en vous un écho.

J'ai fleuri l'ombre de fleurs pâles
Et du plafond jusques aux dalles
J'ai drapé les murs à longs plis
De la couleur des jours perdus et des soirs morts
Où mes songes pâlis
En ombres plus pâles
Au travers de la trame apparaissent encor
Avec leur geste pur où tremble une fleur d'or.

Dans le silence du vieux et mélancolique logis
De salle en salle et d'heure en heure
Erre, sourit et pleure
Le souvenir avec sa face de jadis
Et ses sandales
Muettes comme auprès de quelqu'un qui dort ;
Sa lampe d'argent clair où brûle une huile d'or
Illumine le geste vigilant de ses mains pâles
Au fond des Oublis
Qui les yeux clos et les lèvres fermées,
En leurs cendreuses robes qu'agrafent des camées,
Accoudent leur silence aux bras des vieilles stalles.

Et mon âge habite le morne logis
Où du plafond jusques aux dalles
Descendent aux murs les longs plis
De la couleur des jours perdus et des soirs morts ;
Les fenêtres, hélas, sont toutes vers le Nord !
Et l'horizon est de ciel, de routes et d'eaux.

Oh, que mes Songes m'emmènent encor,
Comme jadis,
Le long des routes et des eaux ;
Que mes Songes me guident encor
Du geste de leurs mains où tremblait la fleur d'or.

J'aurais pu déranger pour converser avec vous des voix plus graves et plus lointaines. Il y en a dont l'autorité a le poids du temps. Les siècles se sont légués l'un à l'autre le trésor de leurs pensées ; l'amas en est considérable ; il gît accumulé aux tomes et aux volumes, répertoire immense et toujours prêt au doigt qui voudra en entr'ouvrir les pages. Nos heures ont là un noble emploi.

Tous les aspects de l'éternelle beauté séjournent endormis dans les livres ; c'est leur retraite et non leur sépulture ; ils peuvent revivre pour nous comme ils vécurent devant ceux qui en consignèrent l'extase.

Il suffit pour cela que nous nous approchions de ces initiateurs avec ce qui en nous leur correspond ; il faut nous y associer humblement de toute l'humilité de notre ressemblance. Il y a en tout homme un désir de poésie et de beauté. Si cet instinct ne peut pas se réaliser, il peut au moins se reconnaître, infirme il est clairvoyant. Prenons donc à la main la lampe idéale qui brûle faiblement au fond de notre nuit et descendons les marches intérieures avec notre ombre devant nous. Voici le lieu où celle qui dort va s'éveiller à l'incantation des poëtes et la voici qui se dresse, hors des langes de notre oubli, devant nous et en nous-même, résurrectrice, la statue chaste de nos rêves et la figure de nos songes.

Lire c'est s'évoquer à travers le fantôme que chaque vivant magnifique, délicat ou vénérable eut de son essence. C'est le rituel du culte intime, la formule magique de notre apparition : tout livre est alchimique et philosophal, notre quintessence y repose et chacun s'y retrouve enfin : l'Homme, avec les dons secrets de sa divine nativité. Mais ce haut sentiment n'a lieu que si certaines conditions le favorisent. Le tumulte l'effarouche, la paix seule et la solitude lui plaisent. C'est pourquoi il faut ménager en nous des places de silence et la vraie est cette chambre intérieure dont j'ai essayé de vous figurer l'allégorie et de vous faire comprendre le sens.

Puisque vous avez consenti à vous y asseoir avec moi, écoutez encore quelques-unes des voix qu'on y entend :

Toute la main s'appuie oisive sur la table
Dont le marbre miroite une apparence d'eau,
Où semble la Nuit même et son ciel véritable.

La svelte main se crispe et son geste est si beau
D'un désir sans contact qui l'énerve, qu'on songe
A de tels doigts la clef, la palme ou le flambeau !

L'onyx des ongles purs sur le marbre s'allonge
Vers une verrerie ample et debout en la
Spirale d'un serpent qui l'entoure et la ronge.

Le Temps pernicieux de son aile fêla
La panse obèse et grave, et le col qui s'écorne
Fuselé son cristal qu'une dent morcela.

Quel philtre énigmatique, acariâtre et morne,
Corrode, expiatoire, en ce vase, ou votif,
La tige du bouquet qui le surmonte et l'orne.

Tiges à qui surcroît un feuillage naïf
L'Amour avec la Mort en sa fleur rose ou noire
S'allégorise aussi de romarin ou d'if.

La main s'est détendue inerte. Tout, se moire
Le marbre du progrès de son obscurité.
Le Vivant, plus hautain du haut de quelque gloire,

Qui reposa enfin avec sécurité,
De par son abstinence et dans sa lassitude,
Son geste sur la table où la fleur l'a tenté,

Le Vivant satisfait avec sa solitude
Jusqu'à ne boire au vase où le serpent se tord,
Semble être dans la nuit l'exemple et l'attitude

D'un Frère intérieur que tu n'es pas encor.

Séjourner là plus longtemps serait oiseux, mais avant de vous lever et de reprendre les chemins de la vie hors de l'édifice mental, je pourrais vous faire toucher du doigt quelques-uns des bibelots qui ornent ces murs. Vous pourriez presque les manier, bien qu'ils soient faits des seules couleurs du verbe. Les divines mains de Psyché doivent avoir touché tout cela et donner à tout une transparence immatérielle. L'art qui crée une vie au delà de la vie s'amuse parfois à en imiter les objets. Ce sont ses formes, ses lieux, ses passions, mais vivant d'un enchantement transfigurateur. Il ne faut jouir des choses que par la joie de

les sentir belles, telles verreries ne sont point
faites pour qu'y boivent les bouches humaines
mais les seules lèvres de la solitude et du
silence.

Toute la vie semble coalisée pour nous
éloigner à jamais, de ce réduit intime; elle
ruse avec nous pour que nous ne nous déro-
bions pas à son empire. Ses fleurs tentent
toutes mains : elle nous conjure de croire en
elle et menace nos refus de ses vengeances.
Elle ne veut point qu'on s'isole d'elle un seul
instant et elle n'admet point qu'on se dérobe
aux autres pour se rendre à soi-même.

Il me semble qu'à avoir parlé ainsi l'heure
s'achève. Les vitres du réduit allégorique
pâlissent d'une aube lente. La vie au sortir
d'ici va vous persuader de toutes ses voix
fausses qu'elle seule vaut qu'on vive. Psyché
veut qu'on rêve et c'est elle qu'il faut croire,
ce n'est qu'avec elle qu'on est soi-même,
ailleurs on est la proie de l'instant, le sable
du sablier! On n'existe qu'autant qu'on s'imagine et c'est en nous que réside notre éternité.

Mesdames, Messieurs,

L'édifice mental que nous avons fait semblant d'habiter ensemble se dissipe et tremble : j'ignore si seulement ma voix vous en a favorisé l'illusion. L'architecte fut imparfait de cette nécessaire demeure où nous convie le sens qu'on veut avoir de soi. J'en ai treillagé le kiosque de métaphores et d'images, mais je voudrais vous dire en terminant que je n'ai pas seulement tenté devant vous un jeu d'esprit plus ou moins agréable en greffant des analogies les unes aux autres comme les roses consanguines d'un bosquet paré.

Il y a une vérité au fond de tout cela.

Jamais époque plus que la nôtre ne laissa ses vivants en proie à la vie, de là l'excès d'avidité ou l'excès de dégoût qu'on met à vivre : jamais la richesse ne fut plus dure et la pauvreté plus amère. De graves symptômes de cet état ont eu lieu.

L'homme est à nu en contact avec la vie,

forcé d'être ce qu'il se pense; jamais on ne s'est individualisé à un tel point. On ne relève que de soi-même et chacun vit pour son compte, égoïstement, furieusement !

Jadis de grands cultes, de grandes fêtes assortissaient les âmes et leur prescrivaient un Destin ; il y eut des autorités et des symboles ; l'homme antique prenait, à des époques fixes, conscience de soi ; il y eut des mystères, des panathénées, des jeux scéniques où on représentait les fictions prémonitoires des Destinées. De même dans les cathédrales, les peuples chrétiens communiaient dans une foi dont le temple était l'emblème autour d'eux, avec ses colonnes, ses voûtes, ses orgues, ses vitraux translucides de l'au-delà dont leur rosace figurait l'incandescence mystiquement épanouie.

Tout a changé maintenant. L'au-delà s'est fait taciturne ; personne ne nous avertit de ce qui est en nous et pour se connaître il n'y a d'autre recours et d'autre entremise que l'art, la rêverie ou la lecture.

Il faut se faire sa destinée ; si on veut respi-
rer une fleur, il faut l'avoir fleurie d'abord.
Siegfried forge lui-même son glaive ; on est
sa propre victoire et son propre héros. C'est
en soi-même qu'est chacun de nous. Il faut
donc se créer sa solitude où l'on alambique la
vie pour en tirer le philtre mystérieux dont
chacun a soif. Notre destin est aux mains de
Psyché ; aussi faut-il lui construire une demeure à jamais, au fond de nous, et je serais
heureux si, de ce logis imaginaire, mental et
spéculatif, j'avais pu, d'un geste et avec ces
paroles, jeter parmi vous la Clef d'Or !

www.ingramcontent.com/pod-product-compliance
Ingram Content Group UK Ltd.
Pitfield, Milton Keynes, MK11 3LW, UK
UKHW031750170726
13836UKWH00002B/956